Der Kreis der verlorenen Münzen

Geschichten von verlorenen Wünschen und vergessener Magie
– Eine Sammlung magischer und mysteriöser Geschichten

Belinda Chavremootoo

Der Kreis der verlorenen Münzen
Geschichten von verlorenen Wünschen und vergessener Magie
- Eine Sammlung magischer und mysteriöser Geschichten

Dieses wertvolle Buch gehört

____

Inhaltsverzeichnis

ANMERKUNG DES AUTORS

Einige Münzen haben mehr als nur einen Wert – sie enthalten Geschichten, Erinnerungen und Wünsche, die darauf warten, gefunden zu werden.

Ich war schon immer fasziniert von der Vorstellung, dass jede Münze durch unzählige Hände geht, durch Zeit und Entfernung. Jeder hat eine Geschichte. Ein Wunsch, den jemand geäußert hat. Ein Moment, der zählte. Diese Idee war der Auslöser für „*Der Kreis der verlorenen Münzen*" – eine Sammlung von Geschichten über Magie, Geheimnisse und die Macht des Erinnerns. Ob es sich um ein geisterhaftes Flüstern, einen zu mächtigen Wunsch oder eine Münze handelt, die verschwindet und wieder auftaucht, jede Geschichte erinnert uns daran, dass die Vergangenheit nie wirklich verloren ist.

Vielleicht haben Sie schon einmal eine Münze in der Hand gehalten und sich gefragt, wo sie geblieben ist. Vielleicht haben Sie sich einen Wunsch geäußert und darauf gewartet, dass er in Erfüllung geht. Vielleicht, nur vielleicht, steckt ein bisschen Magie in den Dingen, die wir hinterlassen.

Danke, dass du in diese Welt der verlorenen Wünsche und vergessenen Geschichten eingetreten bist.
Was würden Sie tun, wenn Sie eine Münze finden würden, die zurückflüstert?

Träumen Sie weiter. Frag dich immer wieder. Bleiben Sie auf der Suche nach Magie

Belinda Chavremootoo

Die Geistermünzen

Ein unheimliches und emotionales Mysterium auf einem
alten Marktplatz

Theo liebte den Marktplatz.

Es war alt, laut und voller Geschichten. An jedem Stand gab es etwas Seltsames – Schmuck, der nicht zusammenpasste, Bücher ohne Einband, Uhren, die nicht tickten.

Theo nannte es den Markt der verlorenen Dinge.

„Die Leute sagen, dass manche Dinge hier nicht gefunden werden wollen", warnte seine Großmutter.

Theo verdrehte die Augen. „Du meinst Gespenster?"

Seine Großmutter lächelte nur. „Nicht alle Geister sind die Art, die man sieht."

Theo glaubte nicht an Geister. Aber das war, bevor er die Münze fand.

Es geschah an einem kleinen, staubigen Stand, der in der hintersten Ecke des Marktes versteckt war.

Der alte Kaufmann sortierte eine Holzkiste und strich mit den Fingern über seltsame, unpassende Münzen. Einige waren verrostet. Einige waren aus Gold.

Und einer...

Einer sah gewöhnlich aus.

Nur ein Cent.

Doch sobald Theos Blick darauf landete, drehte sich ihm der Magen um.

Sie war kälter als die anderen Münzen.

Düsterer.

Und als der Händler ihn hochhob, gab er ein Geräusch von sich, das Theo einen Schauer über den Rücken jagte.

Wie ein Seufzer.

Theo schüttelte das Gefühl ab. „Wie viel kostet das?"

Der Kaufmann zögerte.

„Die?" Seine Finger krampften sich um die Münze. „Der kommt immer wieder."

Theo lachte. „Eine Münze kann nicht heimgesucht werden!"

Der Kaufmann lachte nicht.

Aber er überließ es Theo.

Und in dieser Nacht, als Theo im Bett lag, fühlte er etwas Kaltes an seinen Fingern.

Den Penny.

Auch wenn er es an einem anderen Stand verbracht hatte.

Auch wenn es weg sein sollte.

Theo starrte auf den Penny in seiner Hand.

Nein. Das ist nicht möglich.

Er hatte es ausgegeben. Am Stand der Bäckerei.

Er hatte beobachtet, wie der Händler es in die Spardose warf.

Aber jetzt... Es war wieder da. Kälter als zuvor. Düsterer als zuvor.

Und gerade als Theo es quer durch das Zimmer werfen wollte ...

Ein Flüstern erfüllte die Luft.

„Ich wurde vergessen... Ich war verloren...“

Theo erstarrte. Sein Herz klopfte.

Der Raum war komplett dunkel. Völlig geräuschlos.

Außer diesem Flüstern.

Es kam nicht von außen. Es kam nicht vom Wind.

Es kam vom Penny.

Theos Atem stockte.

Nein. Auf keinen Fall.

Münzen sprachen nicht. Münzen flüsterten nicht. Er umklammerte den Groschen fest mit der Faust. Die Kälte breitete sich in seinen Fingern aus.

„Ich wurde vergessen... Ich war verloren..."

Theo warf die Münze auf seinen Schreibtisch.

Ich bilde mir Dinge ein. Es ist nur ein dummer alter Pfennig.

Er kniff die Augen zu. Zog sich die Decken über den Kopf. Aber das Flüstern kehrte zurück. Weicher. Trauriger.

„Bitte... Vergiss mich auch nicht."

Theos Augen rissen auf. Seine Hände zitterten.

Zum ersten Mal war er sich nicht so sicher, ob er nicht an Geister glaubte.

Der vergessene Wunsch

Theo schlief nicht. Der Penny blieb auf seinem Schreibtisch liegen und schwieg nun.

Aber das Flüstern hallte noch immer in seinem Kopf wider.

„Bitte... Vergiss mich auch nicht.“

Am nächsten Morgen war Theo damit fertig. Er schnappte sich den Groschen und marschierte zurück zum Markt. Er würde es zurückgeben. Er warf es weg.

Alles, um es loszuwerden. Aber als er an dem Stand des alten Kaufmanns ankam ...

Der Kaufmann war fort. Der Stand war leer. Als wäre es nie da gewesen. Theos Finger krampften sich um den Penny. Rost blätterte bei seiner Berührung ab.

Und das Flüstern kam wieder. *„Ich habe mir einmal etwas gewünscht...“*

Theo schauderte. *Was für ein Wunsch?*

Wer bist du?

Und tief in seinem Inneren wusste er es bereits – er musste es herausfinden.

Theo ging nicht nach Hause.

Ich habe mir einmal etwas gewünscht...

Das Flüstern ging ihm nicht mehr aus dem Kopf. Der Markt war voller Stimmen, aber Theo hörte nicht zu. Er brauchte Antworten. Sein Blick fiel auf einen alten Geschichtenerzähler, der in der Nähe der Gewürzstände saß. Ein Mann, der sein Leben damit verbracht hatte, vergessene Geschichten zu sammeln.

Theo eilte herbei. „Sir, wissen Sie von einem Jungen, der vor langer Zeit auf dem Markt gearbeitet hat?" Der alte Mann legte den Kopf schief. Dann – langsam – nickte er.

„Vor langer Zeit", sagte er, „gab es einen Jungen, der hier Zeitungen verkaufte."

Theo beugte sich vor. „Was ist mit ihm passiert?" Der Gesichtsausdruck des alten Mannes verfinsterte sich. „Niemand weiß es. Er war eines Tages hier... und im nächsten wieder verschwunden."

Theos Hände krampften sich um den Penny.

War das seine Münze?

Der alte Mann seufzte. „Aber bevor er verschwand, sagt man... Er hat sich etwas gewünscht.

Der Wunsch, der nie gehört wurde

Theos Herz raste.

Ein Junge, der verschwunden ist...

Ein Wunsch, der nie erfüllt wurde...

Der alte Geschichtenerzähler seufzte. „Man sagt, er stand genau hier, mitten auf dem Markt, und warf eine Münze in die Luft."

Theos Finger krampften sich um den Penny.

Diese Münze.

„Aber bevor die Münze landete", fuhr der alte Mann fort, „kam ein starker Wind."

„Es hat die Münze weggespült."

Der Wunsch wurde nie geäußert.

Es wurde nie gehört.

Theo starrte auf die Münze in seiner Hand.

„Bitte... Vergiss mich auch nicht."

Die Stimme war jetzt klarer. Der Junge spukte nicht nach der Münze.

Die Münze verfolgte den Jungen.

Ein Wunsch, der darauf wartet, erfüllt zu werden

Theos Hände zitterten.

Die Münze gehörte nicht nur dem Jungen...

Er trug seinen unerfüllten Wunsch.

Silvy, der schlaue Penny aus dem Zirkel der Pennies, hätte gewusst, was zu tun war.

Der Kreis der Pfennige erfüllte verlorene Wünsche.

Aber Theo war noch ein Kind. Wie konnte er einem Geist helfen? Er blickte auf die

Münze hinunter. Es fühlte sich jetzt wärmer an. Als würde es warten.

Theo atmete langsam durch. Und zum ersten Mal hörte er zu.

Ein Flüstern erfüllte seinen Geist.

Die Stimme eines Jungen, klein und hoffnungsvoll.

„*Ich wünschte... Ich wünschte, jemand würde sich an mich erinnern.*"

Theos Brust zog sich zusammen.

Das war der Wunsch?

Um nicht vergessen zu werden?

Und in diesem Moment wusste Theo – es war noch nicht zu spät.

Das Licht des Wunschhüters

Der Markt war voller Leben.

Aber für Theo fühlte es sich an, als wäre die Zeit stehen geblieben.

Er starrte auf die Münze und fühlte das Gewicht eines Wunsches, der nie gehört

wurde.

Ich kann das beheben.

Theo trat vor, zurück zu der Stelle, an der der alte Geschichtenerzähler den Jungen

gesagt hatte. Er hielt die Münze fest in seiner Handfläche. Er atmete tief durch.

Und flüsterte:

„Ich erinnere mich an dich."

Ein Wind rauschte über den Marktplatz. Die Münze in seiner Hand wurde warm.

Glühte sanft.

Theo spürte, wie sich etwas veränderte.

Wie eine Tür, die sich öffnet.

Wie eine Geschichte, die endlich zu Ende geht.

Den Wunsch frei machen

Der Wind wirbelte um Theo herum. Die Münze leuchtete heller.

Irgendwas passiert...

Das Flüstern war nicht mehr traurig. Es war stark. Klar.

„Danke.“

Theos Brust zog sich zusammen.

Er atmete tief durch. Und von ganzem Herzen flüsterte er:

„Dein Wunsch wird erhört.“

Das Leuchten blitzte auf.

Ein weiches, goldenes Licht stieg von der Münze auf... dann verschwand es in der Luft.

Theo sah schweigend zu.

Und zum ersten Mal, seit er die Münze gefunden hat...

Das Flüstern war verschwunden.

Der Wind legte sich. Das Leuchten verschwand. Theo stand mitten auf dem Marktplatz und starrte auf die Münze in seiner Hand. Es fühlte sich jetzt warm an. Normal. Wie jede andere Münze. Der Wunsch wurde erhört.

Theo atmete aus, sein Herz fühlte... leichter. Der alte Geschichtenerzähler beobachtete ihn von seinem Stand aus, ein kleines Lächeln auf den Lippen. „Du hast heute etwas Besonderes geleistet", sagte er. Theo antwortete nicht. Er schaute einfach in den Himmel... und für den kürzesten Augenblick ...

Er glaubte, eine Stimme im Wind zu hören. „Danke."

Theo lächelte. Dann schleuderte er den Penny in die Luft.

Er drehte sich einmal. Zweimal. Und als er landete, blieb er genau dort, wo er war.

Kein Geflüster mehr.

Keine Geister mehr.

Nur ein Cent. Ein Penny, und die Geschichte ist endlich fertig.

~ Das Ende ~

Die Kammer der verlorenen Wünsche

Ein versteckter Tresor, der die gefährlichsten und mächtigsten Wünsche aller Zeiten birgt

Die versteckte Tür

Eli liebte die unterirdischen Tunnel.

Er liebte es, wie sie sich unter der Altstadt drehten und wendeten, als würden sie Geschichten verbergen, an die sich sonst niemand erinnern konnte. Aber Eli hatte nicht das Gefühl, dass er dort oben hingehörte – in die Stadt mit all dem Lärm, den Menschenmassen und den Kindern, die ihn nicht bemerkten.

Hier unten? In den Tunneln? Er fühlte sich wie jemand Besonderes.

Eines Tages, als er tiefer als je zuvor wanderte, sah er etwas, das ihn innehalten ließ.

Es war eine Tür, die in die Steinmauer gehauen war.

Eli blinzelte. Es war wie keine Tür, die er je gesehen hatte. Er hatte keinen Griff, kein Schlüsselloch – nur einen kleinen Münzschlitz in der Mitte.

Symbole wirbelten über die Oberfläche und leuchteten schwach, als hätten sie darauf gewartet, dass jemand sie findet. Elis Herz klopfte.

„Was ist das?" flüsterte er und streckte die Hand aus, um die Schnitzereien nachzuzeichnen. Der Stein fühlte sich warm an.

Dann bemerkte er die Worte, die über dem Münzschlitz eingraviert waren:

For the kind
of heart
the forgotten
shall reveal their
secrets

„Für die Art von Herzen, die Vergessenen sollen ihre Geheimnisse offenbaren.“

Eli legte den Kopf schief. „Die Art von Herz? Was bedeutet das?“

Er zog ein paar Münzen aus seiner Tasche – einen glänzenden neuen Penny, ein silbernes Viertel und eine alte rostige Münze, die er vorhin auf dem Markt gefunden hatte. Er probierte zuerst den glänzenden Penny. Die Münze schlüpfte hinein – und nichts geschah. Das Viertel klirrte innerlich – immer noch nichts.

Schließlich hob Eli die rostige alte Münze auf.

Es fühlte sich anders in seiner Hand an – schwerer, wärmer.

Als er es in den Schlitz fallen ließ …

Die Tür rumpelte.

Die Schnitzereien leuchteten heller, die Symbole wirbelten wie goldener Nebel.

Langsam knarrte die Tür auf. Elis Atem stockte. Hinter der Tür befand sich ein Zimmer, das sanft in goldenem Licht leuchtete. Und innen...

Millionen von Münzen, flüsternd, schwebend, wartend.

Eli trat vor.

Er wusste es noch nicht, aber er war dabei, alles zu ändern.

Eli trat ein. Die Kammer war riesig und erstreckte sich weiter, als seine Augen sehen konnten.

Und die Münzen...

Sie schwebten.

Sie glühten.

Sie flüsterten.

Elis Atem stockte in seiner Kehle. Einige Münzen schimmerten wie Glühwürmchen und blinzelten hin und her. Andere summten leise und sandten Wellen aus goldenem Licht durch die Luft.

Und einige...

Einige saßen einfach nur da, schweigend, als hätten sie verlernt, wie man glänzt.

Eli zitterte.

Was ist das für ein Ort?

Seine Schritte hallten wider, als er tiefer in das Gewölbe eindrang.

Die Luft fühlte sich schwer an – als würde der Raum den Atem anhalten.

Dann sah er es.

Eine Münze.

Nicht schwebend. Nicht leuchtend.

Ich saß einfach in der Mitte der Kammer und wartete.

Etwas zog an Elis Brust.

Langsam, vorsichtig griff er danach.

Der Boden unter ihm bebte.

Eine tiefe Stimme erfüllte die Luft.

„Wer wagt es, einen vergessenen Wunsch zu wecken?“

Elis Augen weiteten sich vor Entsetzen.

Ich glaube, ich habe einfach einen großen Fehler gemacht.

Der Boden bebte.

Die Wände kräuselten sich wie Wasser.

Eli stolperte zurück und hielt die Münze in seiner Hand.

Aus den Schatten bewegte sich etwas.

Eine Gestalt trat vor – groß, in goldenen Nebel gehüllt.

Seine Stimme hallte überall um ihn herum wider.

„Du bist in die Kammer der verlorenen Wünsche eingetreten."

„Und du hast dir genommen, was vergessen werden sollte."

Elis Herz klopfte.

Die Tür... Ich muss zur Tür...

Aber als er sich umdrehte, war der Eingang verschwunden.

Nur endlose Reihen von schwebenden Münzen blieben übrig.

Die Gestalt trat näher.

Eli konnte kaum atmen.

„Wer... Wer bist du?" flüsterte er.

Die Augen der Gestalt leuchteten sanft.

„Ich bin der Wunschhüter. Der Hüter vergessener Wünsche."

„Nur wer ein gutes Herz hat, kann diesen Ort betreten."

„Deshalb hat dich die Tür hereingelassen."

Eli hielt die Münze fester.

Warum fühlt es sich dann so an, als hätte ich gerade etwas wirklich, wirklich falsch gemacht?

Eine Entscheidung mit Konsequenzen

Elis Finger krampften sich um die Münze.

Der Wunschhüter beobachtete ihn mit seinen goldenen Augen ruhig, aber unnachgiebig.

„Weißt du, was du hältst?"

Eli schluckte.

Er blickte auf die Münze in seiner Handfläche.

Er war alt, abgenutzt und rissig.

Aber im Gegensatz zu den anderen leuchtete es nicht.

Es flüsterte nicht.

Warum fühlt sich dieser hier... Verschieden?

Eli schüttelte den Kopf. „Ich – ich weiß es nicht."

Der Wunschhüter seufzte.

„Manche Wünsche sind aus einem bestimmten Grund verloren gegangen.“

„Einige waren zu mächtig.“

„Einige... waren nie dazu bestimmt, gewährt zu werden.“

Elis Magen sackte zusammen. Er sah sich die Münze noch einmal an.

Da war eine Inschrift, halb verblasst.

Ein Wunsch, der geäußert worden war... aber nie fertig.

„Wenn du die letzten Worte sprichst, wird der Wunsch in Erfüllung gehen“, sagte der Wunschhüter.

„Aber Vorsicht, Wünsche haben Konsequenzen.“

Der Raum brummte. Die anderen Münzen schwebten um ihn herum, als warteten sie darauf, was er tun würde.

Beende ich den Wunsch?

Oder es zurückstellen, bevor es zu spät ist?

Elis Herz raste.

Und dann ...

Er flüsterte die letzten Worte.

Ein Wunsch, der alles verändert

Elis Stimme verließ kaum seine Lippen.

Aber in dem Augenblick, als die letzten Worte gesprochen waren ...

Die Kammer explodierte in goldenem Licht.

Die Münzen wirbelten um ihn herum und drehten sich immer schneller.

Der Umhang des Wunschhüters flammte wie Feuer auf.

Eli schirmte seine Augen ab. „Was ist los?!"

„Du hast einen Wunsch erfüllt, der nie sein sollte", dröhnte die Stimme des Wunschhüters.

Die Luft flirrte. Der Raum bewegte sich.

Irgendetwas veränderte sich.

Eli blinzelte gegen das Licht und plötzlich ...

Er war nicht mehr in der Kammer.

Er war woanders.

Irgendwo, den er erkannte.

Irgendwo, von dem er nie gedacht hätte, dass er ihn jemals wiedersehen würde.

Die Welt, die es nicht geben sollte

Elis Atem stockte.

Das goldene Licht verblasste. Und plötzlich – er stand an einem Ort, den er kannte ... tat es aber auch nicht. Es war seine Stadt. Die gleichen verwinkelten Gassen. Die gleichen Marktstände gibt es. Derselbe Himmel. Aber irgendetwas stimmte nicht.

Alles sah aus... Neu.

Die Steingebäude waren nicht rissig und abgenutzt. Die Bäume waren nicht knorrig vom Alter. Die Menschen, die vorbeigingen, hatten es nicht eilig – sie lächelten, lachten, unberührt von der Zeit. Elis Hände zitterten. „Das ist nicht echt..."

Dann hörte er es.

Eine Stimme – sanft, vertraut.

„*Eli...?*"

Sein Herz blieb stehen. Langsam drehte er sich um. Und wie er dastand und ihn mit großen, ungläubigen Augen anstarrte ...

Er war jemand, von dem er nie gedacht hätte, dass er ihn jemals wiedersehen würde.

Das Gesicht aus der Vergangenheit

Elis Herz klopfte. Die Person, die vor ihm steht... sollte nicht hier sein.

Er sollte weg sein. Verloren.

Eine Erinnerung, die mit der Zeit verblasst.

Aber jetzt ...

Er war real.

Atmung.

Er sah ihn an, als wäre er derjenige, der nicht dazugehörte.

Ich habe mir den Wunsch erfüllt.

Die Welt um ihn herum fühlte sich schwerer an.

Zu perfekt. Zu hell.

Der Wunsch veränderte alles.

Und Eli erkannte schließlich...

Nicht alle Wünsche sollen erfüllt werden.

NURKEFPACE

Eli atmete zitternd ein.

Die Welt um ihn herum sah perfekt aus – aber es fühlte sich falsch an.

Zu sauber. Zu golden. Zu still.

Und die Person, die vor ihm steht?

Er sollte nicht hier sein.

Ich wünschte mir etwas, das verloren hätte bleiben sollen.

Die Person – jemand, den Eli einst geliebt und verloren hatte – trat näher.

„Eli... Warum siehst du so verängstigt aus?"

Eli konnte nicht antworten.

Denn tief in seinem Inneren kannte er die Wahrheit.

Die Welt hatte sich verändert.

Die Vergangenheit war umgeschrieben worden.

Und nun war die Zeit selbst dabei, sich aufzulösen.

Wenn die Zeit anbricht

Elis Gedanken drehten sich.

Das war ein Fehler.

Die Welt um ihn herum sah perfekt aus.

Die Stadt war heller, unberührt von der Zeit.

Die Leute lächelten, ohne zu wissen, dass etwas nicht stimmte.

Und Finn...

Finn stand direkt vor ihm.

Elis Atem stockte.

Sein Zwillingsbruder sah genau so aus, wie er ihn in Erinnerung hatte.

Unordentliches Haar. Strahlende Augen. Das gleiche verschmitzte Lächeln.

Finn hat sich nicht verändert. Aber Eli tat es.

Finn grinste. „Warum siehst du aus, als hättest du einen Geist gesehen?"

Eli öffnete den Mund, aber es kamen keine Worte heraus.

MARKETPLACE

Weil du einer bist.

Finn lachte nur und packte Elis Arm.

„Komm schon, Langweiler! Wir müssen noch zum großen Baum rennen!"

Elis Magen drehte sich um.

Früher sind wir die ganze Zeit Rennen gefahren.

Vor...

Er schluckte schwer. „Finn, warte ..."

Aber Finn rannte schon voraus, so wie er es immer tat.

Als hätte sich nichts verändert.

Als wäre überhaupt keine Zeit vergangen.

Aber das war es.

Eli atmete zitternd ein ...

Und folgte.

Der einzige Ausweg

Eli folgte Finn durch die leuchtende Stadt.

Sein Herz klopfte.

Das ist nicht real.

Aber Finn – lachend, rennend, völlig lebendig – fühlte sich echt an.

Zu real.

„Komm schon!" Finn rief über seine Schulter hinweg. „Du bist jetzt so langsam!"

Elis Atem stockte.

Früher war er der Langsame.

Aber jetzt...

Ich bin erwachsen geworden. Und Finn nicht.

Sie erreichten den großen Baum auf dem Marktplatz.

Finn kam grinsend zum Stehen.

SHOP

„Endlich hast du aufgeholt!“

Eli antwortete nicht.

Denn irgendetwas fiel ihm ins Auge.

Im Schaufenster daneben ...

Ihr Spiegelbild.

Elis Brust zog sich zusammen.

Sein eigenes Gesicht war älter.

Bei Finn war das nicht der Fall. Finn bemerkte, dass Eli ihn anstarrte.

Sein Grinsen verblasste.

Er blickte auf seine eigenen Hände. Seine kleinen, unveränderten Hände.

Langsam ballten sich seine Finger zur Faust.

Er schluckte schwer.

Er weiß.

Finn drehte sich zu Eli um.

„Wie lange war ich weg?“

SHOP

Das Scheitern eines Wunsches

Elis Kehle schnürte sich zu. Finns Frage hing in der Luft.

„Wie lange war ich weg?"

Eli konnte nicht antworten. Seine Hände zitterten.

Wie sagst du deinem Zwillingsbruder, dass er schon seit Jahren nicht mehr da ist? Dass er ertrunken ist? Dass du ihn nicht retten konntest?

Finn blickte an sich herunter. Auf seine kleinen Hände.

Auf die unveränderte Welt um ihn herum.

Sein Atem stockte.

Seine Stimme war jetzt leiser.

„Ich bin nicht erwachsen geworden, oder?"

Elis Brust schmerzte.

Er schüttelte den Kopf. „Nein."

Finn atmete langsam aus.

Zum ersten Mal geriet sein Lächeln ins Stocken.

Die Stadt um sie herum schimmerte.

Schatten streckten sich in die falsche Richtung.

Gebäude flackerten zwischen Vergangenheit und Gegenwart.

Die Luft war erfüllt von Flüstern.

„Manche Wünsche müssen verloren gehen...“

„Zeit lässt sich nicht umschreiben...“

„Lass los.“

Finns Hände zitterten.

Er sah Eli an.

Auf die Stadt, die um sie herum auseinanderbricht.

Jetzt versteht er.

Seine Stimme schwankte.

„Ich sollte doch nie bleiben, oder?“

Elis Augen brannten. „Nein.“

Finn schluckte schwer.

Dann – lächelte er.

„Es ist in Ordnung, Eli."

Elis Atem stockte.

Wie kann er damit einverstanden sein?

Wie kann ich das?

Finn streckte die Hand aus – seine kleinen Finger umschlossen Elis Finger.

„Du musst nicht ständig nach mir suchen."

„Ich war immer bei dir."

Die Welt bebte.

Goldene Risse durchschneiden den Himmel.

Finns Körper begann zu verblassen.

„Auf Wiedersehen, Eli."

Eli griff nach Finn – aber seine Finger berührten nur die Luft.

Finns Lächeln blieb, auch als das goldene Licht ihn wegzog.

Elis Brust schmerzte.

Ich will nicht loslassen.

Aber er musste.

Und so tat er es.

Die Welt zerbrach.

Die goldene Stadt versank in Licht.

Das Flüstern verstummte.

Und als Eli die Augen öffnete …

Er war wieder in den Tunneln.

Die Kammer der verlorenen Wünsche war verschwunden.

Kein goldener Glanz.

Keine schwebenden Münzen.

Nur Stille.

Elis Finger strichen über seine Tasche.

Leer.

Auch die Münze war weg. Als wäre es nie da gewesen.

Aber etwas in ihm fühlte sich anders an.

Feuerzeug.

Als hätte er lange Zeit etwas Schweres getragen ...

Und lass es endlich los.

Am nächsten Morgen lief Eli durch die Stadt.

Die echte Stadt.

Es war nicht golden. Es war nicht perfekt.

Aber es war mein Zuhause.

Er ging am Markt vorbei, an den Straßen, an den Orten, die ihm einst zu groß erschienen.

Und als er zum Himmel aufblickte ...

Er flüsterte einen Wunsch.

Nicht, um die Vergangenheit zu ändern.

Nicht, um das Verlorene zurückzubringen.

Aber um uns immer daran zu erinnern.

Und als er sich umwandte, um zu gehen ...

Der Wind flüsterte zurück.

~ Das Ende ~

Die Münze, die von den Sternen fiel

Eine magische und inspirierende Geschichte über Wünsche,
Zugehörigkeit und das Universum

Das fallende Licht

Nova sprach mit den Sternen.

Natürlich nicht laut – sie war nicht seltsam.

Aber wenn sie nachts auf ihrem Dach lag und in den endlosen Himmel starrte, hatte sie das Gefühl, dass sie lauschten.

Als würden sie über sie wachen.

Als wären sie die einzigen, die es verstanden.

Sie flüsterte ihre Gedanken, und sie blinzelten als Antwort.

„Heute war es hart." (Ein leises Zwinkern.)

„Ich frage mich, ob sich die Menschen wirklich ändern." (Ein Flackern in der Ferne.)

„Glaubst du, meine Eltern wären stolz auf mich?" (Ein plötzlicher, unerwarteter Schimmer.)

Die Stars sprachen nie, aber sie stimmten ihr zu.

In dieser Nacht fühlte sich der Himmel anders an.

Die Luft war still.

Die Sterne verstummten und warteten.

Dann...

Ein silberner Streifen durchschnitt die Dunkelheit.

Eine Sternschnuppe.

Nova setzte sich auf. „Das war ...“

Doch bevor sie fertig werden konnte, änderte das Licht die Richtung.

Er fiel nicht wie ein normaler Stern – er fiel herunter.

Direkt auf den Wald hinter ihrem Haus zu.

Das ist nicht normal.

Ihr Herz klopfte.

Sie kletterte vom Dach herunter, schnappte sich eine Taschenlampe und rannte zu den Bäumen.

Im Wald war es still. Zu leise.

Novas Atem vernebelte die Luft, als sie vorsichtig über abgefallene Blätter trat. Sie folgte dem silbernen Schein, tiefer und tiefer – bis sie ihn sah.

Kein Meteor. Kein Stück Weltraumgestein.

Eine Münze.

Im Gras liegend, sanft leuchtend. Nova starrte ihn an.

Was für ein Stern fällt als Münze?

Sie streckte zögernd die Hand aus.

Dann – hob sie es auf.

In dem Moment, als ihre Finger die Oberfläche berührten, verschoben sich die Sterne über ihr.

Als ob das ganze Universum gerade Luft geholt hätte. Novas Puls raste.

Das... Dies ist nicht nur eine Münze.

Es war etwas anderes.

Etwas, das darauf wartet, gefunden zu werden.

Und Nova war gerade Teil seiner Geschichte geworden.

Das Flüstern des Kosmos

Die Münze summte in Novas Handfläche.

Kein lautes Brummen – nur ein leiser, gleichmäßiger Puls.

Wie ein ruhiger Herzschlag.

So wie es war… lebendig.

Nova schluckte schwer.

Das ist nicht normal.

Sie drehte es um und erwartete, irgendetwas Geschriebenes zu sehen, aber – nichts.

Keine Zahlen. Keine Symbole.

Nur glattes, leuchtendes Metall, das es eigentlich nicht geben sollte.

In dieser Nacht saß Nova wieder auf ihrem Dach, die Münze neben sich liegend.

Die Sterne über ihnen flackerten, als wussten sie es.

Sie atmete tief ein.

„Wo kommst du her?"

Die Münze antwortete nicht.

Aber die Luft um sie herum veränderte sich.

Die Sterne schienen sich näher zu neigen.

Dann...

Ein Flüstern.

Keine Stimme.

Nicht Worte.

Ein Gefühl.

Weich. Uralt. Suche.

„Ein einmal geäußerter Wunsch... verblasst nie wirklich."

Novas Herz klopfte.

Habe ich das gerade gehört... Oder fühlen Sie es?

Sie schaute auf die Münze.

Es leuchtete ein wenig heller.

Als hätte es darauf gewartet, dass jemand zuhört.

Die Sternenkarte

Nova konnte nicht schlafen. Die Münze lag auf ihrem Schreibtisch und leuchtete schwach in der Dunkelheit.

„Ein einmal geäußerter Wunsch… verblasst nie wirklich."

Die Worte hallten in ihrem Kopf wider.

Was für ein Wunsch?

Wessen Wunsch?

Sie setzte sich auf, griff nach der Münze und hielt sie ins Mondlicht. Da sah sie sie.

Winzige, fast unsichtbare Markierungen erschienen auf der Oberfläche – wie zarte Risse im Metall. Nein… keine Risse.

Eine Karte.

Die Linien krümmten sich, verdrehten sich und bildeten Konstellationen.

Nova stockte der Atem. Das war nicht nur eine Münze.

Es war eine Botschaft.

Eine Karte, die im Sternenlicht geschrieben wurde. Und es führte sie irgendwohin.

Das Geheimnis des Observatoriums

Nova zeichnete die leuchtenden Linien auf der Münze nach.

Eine Karte, die im Sternenlicht geschrieben wurde.

Aber wohin führte es? Sie schnappte sich ihr Handy und zog eine Sternenkarte hervor.

Ihre Finger bewegten sich schnell und ordneten die Markierungen der Münze den

Sternbildern zu. Und dann …

Eine perfekte Ergänzung.

Die Karte zeigte auf einen realen Ort.

Das verlassene Observatorium am Rande der Stadt.

In der nächsten Nacht stand Nova vor der alten Sternwarte.

Es war dunkel. Ruhig. Vergessen. Sie zögerte.

Wenn ich hineingehe, gibt es kein Zurück mehr.

Die Münze in ihrer Tasche summte. Als würde es sie ermutigen. Nova atmete tief

durch …

Und trat ein.

Das Observatorium roch nach Staub und vergessener Zeit.

Novas Taschenlampe durchdrang die Dunkelheit und enthüllte verrostete Teleskope und Stapel alter Bücher. Die Luft fühlte sich aufgeladen an, als würde der ganze Ort warten. Dann...

Ihr Licht fiel auf etwas Seltsames. Ein Podest. Und obendrein... Ein Buch.

Novas Hände zitterten, als sie die Abdeckung anhob.

Drinnen gab es keine Worte.

Nur Sternenkarten, wirbelnde Konstellationen und seltsame Symbole.

Aber eine Seite stach heraus. Ein einziger Wunsch, geschrieben in einer Sprache, die sie nicht verstand – bis auf eine Zeile.

„Die Verlorenen zu finden und nach Hause zu bringen.“

Novas Puls raste. Sie griff in ihre Tasche – die Münze leuchtete heller als je zuvor.

Irgendwie wusste sie ...

Dieses Buch enthielt die Antwort.

Das kosmische Tor

Novas Finger zeichneten die Worte nach.

„Die Verlorenen zu finden und nach Hause zu bringen.“

Ihr Herz klopfte.

Wer hat diesen Wunsch geäußert?

Und wer sind die Verlorenen?

Die Münze in ihrer Tasche summte, jetzt wärmer.

Als hätte es auf diesen Moment gewartet.

Dann...

Das Observatorium bebte.

Die Luft um sie herum veränderte sich.

Eine der Wände – nein, keine Mauer ... eine Tür.

Eine Tür, die es vorher nicht gegeben hatte.

Und mittendrin ...

Ein Schlitz, genau so groß wie ihre Münze.

Novas Atem zitterte.

Sie zog die Münze heraus.

Er leuchtete wie ein winziges Stück eines Sterns.

Mache ich das?

Öffne ich die Tür?

Ihre Hände zitterten – aber sie wusste die Antwort.

Sie hob die Münze in die Höhe ...

Und schob es in den Schlitz.

Der ganze Raum explodierte in Licht.

Die Botschaft von den Sternen

Nova kniff die Augen zusammen.

Das Licht war zu hell, zu stark – als stünde sie in einem Stern.

Dann, so plötzlich, wie es aufgetaucht war, verschwand es.

Nova blinzelte.

Das Observatorium war verschwunden.

Sie stand in einem endlosen Himmel.

Schwimmend. Schwerelos. Schwebend zwischen den Sternen.

Ein leises Brummen erfüllte die Luft.

Sie wandte sich um –

Und keuchte.

Eine Gestalt aus Sternenstaub stand vor ihr.

Er hatte kein Gesicht, keinen Mund – nur zwei leuchtende Lichter, wo seine Augen

sein sollten. Dann...

Er sprach.

„Du hast unseren Ruf beantwortet.“

Novas Atem stockte.

Wessen Anruf?

Wer bist du?

Die Gestalt hob eine Hand und plötzlich …

Erinnerungen fluteten in ihren Kopf.

Sterne, die ausbrennen.

Stimmen, die über Galaxien hinweg rufen.

Ein Wunsch, der vor langer Zeit geäußert wurde …

„Die Verlorenen zu finden und nach Hause zu bringen.“

Nova taumelte zurück.

Endlich verstand sie.

Der Wunsch... es war nicht für die Erde.

Es war für sie.

Die vergessenen Reisenden

Novas Verstand, sage ich.

Die Erinnerungen, die sie durchströmten, waren nicht ihre ...

Sie gehörten ihnen.

Die Verlorenen.

Sie sah Blitze von goldenen Schiffen, die durch den Weltraum trieben.

Verlassene Planeten.

Sterne verdunkeln. Und dann – Dunkelheit.

Eine Stimme flüsterte leise, aber schmerzlich:

„Wir haben gesucht ... für so lange.“

Nova stockte der Atem.

Sie sind nicht nur verloren.

Sie haben gewartet.

Sie blickte zu Boden – die Münze in ihrer Hand flackerte.

Nicht als Botschaft.

Nicht als Landkarte.

Als Leuchtturm.

Der Wunsch war nie, einen Platz zu finden.

Es ging darum, einander zu finden.

Nova schluckte schwer.

„Wie kann ich Ihnen helfen?"

Die Sternenstaubgestalt hob eine Hand.

Und zeigte in den Himmel.

Der letzte Wunsch

Nova folgte dem Blick der Gestalt. Über ihnen verschoben sich die Sterne. Die Konstellationen richteten sich neu aus. Und in der unendlichen Leere des Raumes …

Ein Pfad tauchte auf.

Der Weg nach Hause.

Die Gestalt drehte sich wieder zu ihr um.

„Du bist das letzte Stück.“

Novas Herz klopfte. Sie blickte auf die Münze hinunter, die in ihrer Handfläche sanft leuchtete. Es hatte immer auf die richtige Person gewartet.

Jemand, der den Ruf hört. Jemanden, der den Wunsch erfüllt.

Nova atmete tief durch. Sie hob die Münze in die Höhe … Und flüsterte:

„Finde deinen Weg nach Hause.“

In dem Augenblick, als die Worte ihre Lippen verließen …

Das Universum selbst antwortete.

Das Licht kehrt nach Hause zurück

Die Münze leuchtete heller als je zuvor.

Nova hat es veröffentlicht.

Er schwebte nach oben, erst langsam, dann schneller.

Die Sterne über uns kräuselten sich.

Der Weg nach Hause hatte sich geöffnet.

Die Sternenstaub-Gestalt drehte sich zu ihr um.

„Danke, Träumer."

Die Gestalt begann zu verblassen und löste sich in Licht auf.

Aber Nova fühlte keinen Verlust.

Sie fühlte sich vollendet.

Der Wunsch war in Erfüllung gegangen.

Und irgendwo, weit jenseits der Erde, gingen die Verlorenen nach Hause.

Das Licht verschlang sie ganz.

Und als sie die Augen öffnete ...

Sie war zurück. Auf ihrem Dach liegend.

Das Observatorium, die leuchtende Tür, die Münze – alles war weg.

War es echt gewesen?

Nova war sich nicht sicher.

Aber als sie aufblickte, sah sie etwas, von dem sie wusste, dass es vorher nicht da war. Eine neue Konstellation.

Geformt wie eine Münze, sanft leuchtend.

Wie eine Erinnerung. Wie ein Flüstern.

Wie ein Dankeschön.

Nova lächelte.

Und zum ersten Mal hatte sie nicht nur das Gefühl, dass die Stars zuhörten.

Sie hatte das Gefühl, dass sie ihren Namen kannten.

~ Das Ende ~

Die verschwindende Münze

Ein magisches Mysterium über Dinge, die wir verlieren,
Dinge, die wir vergessen, und Dinge, die ihren Weg zurück
finden

Max war nicht die Art von Kind, das an Magie glaubte.

Glück? Koinzidenz? Sicher. Aber Magie? Keine Chance.

Als er nach der Schule eine alte Münze auf dem Bürgersteig fand, dachte er sich nicht viel dabei.

Er war abgenutzt und zerkratzt, mit seltsamen Markierungen an den Rändern.

Max zuckte mit den Schultern und schleuderte es in die Luft...

KLAPPEN.

Gefangen.

Er schob es in seine Tasche.

Und vergaß es.

Als er in dieser Nacht seine Taschen auf seinen Schreibtisch leerte, war die Münze verschwunden.

Max runzelte die Stirn.

Er überprüfte seinen Rucksack. Seine Taschen. Der Boden.

Seltsam...

Aber was soll,s. Es war nur eine Münze.

Am nächsten Tag ging Max an der alten Bibliothek vorbei, als ihm etwas Glänzendes

ins Auge fiel.

Eine Münze.

Auf der Treppe liegend.

Er bückte sich und hob es auf.

Auf keinen Fall...

Es war die gleiche Münze.

Die gleichen Markierungen. Die gleichen Kratzer.

Max' Magen drehte sich um.

Er wusste, dass er diese Münze verloren hatte.

Warum hatte sie ihn also wiedergefunden?

Die Vergangenheit der Münze

Max drehte die Münze in seiner Handfläche um.

Es sah gewöhnlich aus.

Aber das war es nicht.

Er hatte es verloren.

Und jetzt war es wieder da.

Das ist nicht normal.

Max schob die Münze in seine Tasche – diesmal fester.

Zu Hause saß er mit aufgeklapptem Laptop an seinem Schreibtisch.

Wenn diese Münze immer wieder verschwindet und wieder auftaucht, dann

vielleicht... Vielleicht hatte es eine Geschichte.

Er suchte nach Münzen mit seltsamen Markierungen.

Scrollte vorbei an uralter Währung, Sammlerstücken, Piratenschätzen.

Und dann – ein Streichholz.

Ein alter Zeitungsausschnitt von vor fast hundert Jahren.

„Die verschwundene Münze des Zauberers: Ein Mysterium, das nie endet.“

Max' Puls raste.

Der Artikel erzählte die Geschichte eines berühmten Zauberers, der einen unmöglichen Trick vorführte:

Er hat eine Münze verschwinden lassen... Und es kam nie wieder zurück.

Bis jetzt.

Max blickte auf die Münze in seiner Hand.

Was ist, wenn es sich nicht nur um eine Münze handelt?

Was ist, wenn es immer noch nach etwas sucht?

Max konnte nicht aufhören, über den Artikel nachzudenken.

Die fehlende Münze eines Zauberers?

Ein Trick, der nie endete?

Er drehte die Münze in seinen Fingern.

Wenn es sich um dieselbe Münze handelte, warum tauchte sie dann jetzt auf?

Er beschloss, es zu testen. In dieser Nacht legte er die Münze auf seinen Schreibtisch.

Er machte ein Foto.

Er verließ das Zimmer.

Eine Stunde später kam er zurück.

Die Münze war weg.

Max' Herz raste. Er suchte den Boden ab. Seine Taschen. Der Schreibtisch.

Verschwunden. Aber die eigentliche Frage war...

Wo würde es als nächstes erscheinen?

Die vergessenen Orte

Max musste nicht lange warten.

Am nächsten Tag, als er an der alten Bibliothek vorbeiging …

Da war es.

Auf der Treppe sitzend. Warten.

Sein Magen zog sich zusammen.

Warum hier?

Er hob es auf und drehte es mit seinen Fingern um.

Dann blickte er zur Bibliothek hinauf. Es war still, fast leer.

Durch das Fenster sah er eine ältere Frau, die Bücher stapelte.

Irgendetwas an ihr schien … Einsam.

Als wäre sie ein Teil der Bibliothek, den alle vergessen hatten.

Max zögerte.

Dann griff er nach der Münze und trat ein.

Die Bibliothek roch nach Staub und altem Papier.

Max zögerte und hielt die Münze fest.

Die ältere Bibliothekarin blickte auf und rückte ihre Brille zurecht.

„Kann ich dir helfen, Liebes?"

Max schluckte. „Äh... Weißt du etwas über magische Münzen?"

Ihre Augen verengten sich. Einen Moment lang sagte sie nichts. Dann seufzte sie.

„Nicht bei jeder Magie geht es um Tricks, weißt du."

Sie klopfte auf den Schreibtisch.

„Manche Dinge verschwinden, weil die Leute sie vergessen."

Max runzelte die Stirn. *„Wie was?"*

Die Bibliothekarin lächelte traurig. *„Wie Geschichten, die nie erzählt wurden."*

Sie deutete auf den staubigen Bereich im hinteren Teil – Bücher, die seit Jahren nicht mehr angerührt wurden. Max' Herz klopfte.

Die Münze hat mich aus einem bestimmten Grund hierhergeführt.

Der Trick des Verschwindens

Max folgte dem Blick des Bibliothekars zu den staubigen Regalen im hinteren Bereich.

Bücher unberührt. Vergessen. Genau wie die Münze.

Ist es das, wonach es sucht?

Er fuhr mit den Fingern über die Stacheln, bis er es sah ...

Ein altes Tagebuch, versteckt hinter den anderen.

Er zog es heraus.

Der Einband war verblasst, die Seiten vergilbt.

Darin stand in eleganter Handschrift ein Name.

Elias der Große – der Zauberer, der verschwunden ist.

Max stockte der Atem.

Dieser Zauberer...

Er ist derjenige, der die Münze verloren hat.

Und nun hatte die Münze ihre Geschichte gefunden.

Das Geheimnis des Zauberers

Max blätterte durch die Seiten.

Elias der Große. Ein Zauberer, der für einen unmöglichen Trick berühmt ist.

Ein Trick, den niemand erklären konnte. Die verschwindende Münze.

Das Tagebuch erzählte die Geschichte eines Mannes, der sein ganzes Leben lang nach etwas gesucht hatte.

- Er trat in großen Theatern auf.

- Er verblüffte das Publikum.

- Aber sein letzter Trick war nie eine Illusion. Eines Nachts ließ er während einer Show eine Münze verschwinden.

Und es kam nie wieder zurück.

Bis jetzt. Max' Finger krampften sich um die Münze. Aber warum ist es zurückgekehrt... Für mich? Die letzte Seite des Tagebuchs enthielt nur einen Satz.

„Die Münze wird immer finden, was vergessen wurde.“

Max' Magen sackte zusammen. *Woran soll ich mich dann erinnern?*

Der vergessene Trick

Max starrte auf das Tagebuch.

„Die Münze wird immer finden, was vergessen wurde."

Aber was bedeutet das?

Er blickte auf die Münze hinunter. Er schimmerte sanft, fast so, als würde er warten.

Dann – verschwand es. Direkt vor ihm. Max' Herz klopfte. Er spürte nicht einmal, wie es seine Hand verließ. Es war nur... verschwunden.

Aber wenn die Münze nach etwas Vergessenem suchte ...

Wohin würde es als nächstes gehen?

Max dachte an den Bibliothekar zurück. Zu den Büchern, die niemand las.

Zum letzten Trick des Zauberers.

Elias der Große hat nicht nur eine Münze verschwinden lassen.

Er war auf der Suche nach etwas.

Und plötzlich wusste Max, wo er suchen musste.

EXPLORE
GT INE
STOP

Max rannte. Durch die Türen der Bibliothek. Runter durch die leeren Straßen.

Er wusste, wo die Münze sein würde. Nicht an irgendeinem irgendwelchen Ort.

Nicht in einer Tasche oder unter seinem Bett.

Es war auf der Suche nach etwas Vergessenem.

Und es gab einen Ort in der Stadt, an dem immer vergessene Dinge landeten. Das alte Theater. Staubig. Mit Brettern vernagelt. Seit Jahren verlassen.

Aber einst war es der magischste Ort der Stadt gewesen.

Und Elias der Große hatte hier seine letzte Show aufgeführt.

Max trat mit klopfendem Herzen vor.

Wenn die Münze hier ist... dann werde ich gleich herausfinden, warum es zurückgekommen ist.

Er stieß die knarrenden Türen auf ... Und genau dort, in der Mitte der leeren Bühne ... Die Münze.

Warten. Für ihn.

Der letzte Akt des Verschwindens

Max betrat die Bühne. Die Luft war dick von Staub und Stille.

Aber die Münze saß da und glänzte, als hätte sie all die Jahre gewartet.

Max griff langsam danach...

Und in dem Moment, als seine Finger die Oberfläche berührten...

Eine Stimme flüsterte durch das leere Theater. *„Du hast mich gefunden.“*

Max erstarrte. Die Stimme war sanft, fern – wie das Echo von etwas längst Vergangenem.

Dann sah er es. Ein schwacher Umriss im Staub, die Gestalt eines Mannes, der im Scheinwerferlicht steht. Elias der Große. Der Zauberer, der verschwunden ist.

Der Zauberer, der etwas verloren hatte, das er nie wiederfinden konnte.

Und jetzt verstand Max.

Die Münze war nicht dazu gedacht, besessen zu werden.

Es sollte den Trick vervollständigen.

Um zu vollenden, was unerledigt geblieben war.

Max schloss die Augen. Hielt die Münze ein letztes Mal fest …

Und flüsterte:

„Zeit, nach Hause zu gehen."

Die Münze verschwand. Diesmal für immer.

Und die Stimme im Theater?

„Danke."

Am nächsten Tag überprüfte Max seine Taschen.

Die Münze war weg. Zum ersten Mal war es nicht zurückgekehrt.

Aber als er an dem alten Theater vorbeiging...

Er schwor, einen schwachen Lichtschimmer auf der leeren Bühne gesehen zu haben.

Wie ein Trick, der endlich fertig ist.

Wie eine Geschichte, die endlich erzählt ist.

Max lächelte.

Und ging weg.

~ Das Ende ~

Die letzte Münze des Kaisers

Ein historisches Mysterium über Macht, Erbe und die Last der Vergangenheit.

Kai wischte sich den Schweiß von der Stirn.

Die Sonne brannte auf der Ausgrabungsstätte herunter und verwandelte den Schmutz unter seinen Füßen in heißen Staub.

Er war kein Archäologe – jedenfalls noch nicht.

Aber den Sommer mit einer echten Ausgrabung zu verbringen? Helfen Sie dabei, die verlorene Geschichte des Goldenen Kaisers aufzudecken?

Das war die Art von Abenteuer, von der er immer geträumt hatte.

„Kai! Hier drüben!"

Er drehte sich um und sah Dr. Lin, den leitenden Archäologen, der ihn herbeiwinkte.

Kai eilte auf sie zu und achtete darauf, auf nichts Wichtiges zu treten.

Sie deutete auf eine kleine, versiegelte Kammer, die sie gerade freigelegt hatten.

„Wir haben etwas gefunden."

In der Kammer, halb unter Staub begraben, lag eine verzierte goldene Truhe.

Kais Herz klopfte.

Dr. Lin hebelte es vorsichtig auf …

Und im Inneren, zwischen den Reliquien und Juwelen, saß eine einzelne Münze.

Im Gegensatz zu den anderen war es dunkler, älter, anders.

Kai griff danach…

In dem Augenblick, als seine Finger die Oberfläche berührten, erfüllte ein Flüstern die Luft.

„Nehmt nicht, was der Vergangenheit angehört.“

Kai taumelte zurück.

Hat das noch jemand gehört?!

Aber Dr. Lin war zu sehr damit beschäftigt, die anderen Schätze zu inspizieren.

Nur Kai hatte es gehört.

Und in seiner Handfläche fühlte sich die Münze warm an.

Als wäre es nicht nur Metall.

Als wäre es lebendig.

In dieser Nacht konnte Kai nicht schlafen.

Die uralte Münze lag auf seinem Schreibtisch und leuchtete schwach im schwachen Licht.

Es sollte nichts Besonderes sein – nur ein weiteres Artefakt.

Warum fühlte es sich also anders an?

Und warum flüsterte er?

Kai drehte es in seinen Fingern um.

Am Rand waren Symbole eingraviert – aber die Schrift war alt, zu abgenutzt, um sie zu lesen.

Sein Laptop lag aufgeklappt neben ihm, und Recherche-Tabs überwucherten den Bildschirm.

Er hatte von Begräbnisflüchen gelesen, davon, wie Kaiser mit Schätzen begraben wurden, um Diebe abzuwehren.

Aber diese Münze wurde nicht mit Gold begraben.

Es war allein weggesperrt worden.

Plötzlich...

Eine Brise wehte durch sein Zimmer.

Kai erstarrte.

Die Fenster waren geschlossen.

Aber die Vorhänge flatterten.

Und dann ...

Ein Schatten wanderte über seine Wand.

Kais Atem stockte.

Ich bin nicht allein.

Er wandte sich scharf um –

Aber es war niemand da.

Nur die Münze.

Er sitzt immer noch auf seinem Schreibtisch.

Ich schaue immer noch zu.

Der letzte Wunsch des Kaisers

Kai erzählte niemandem von dem Flüstern. Oder der Schatten. Oder die Tatsache, dass sich die Münze jetzt schwerer anfühlte – als würde sie etwas mehr als nur Metall tragen. *Es ist nur meine Einbildung... Rechts?*

Beim Frühstück zückte er sein Handy und tippte:

Flüche des uralten Kaisers – echt oder falsch?

Er scrollte an Mythen, Legenden und Geistergeschichten vorbei, bis er etwas fand, das ihm den Magen umdrehte. Der letzte Wunsch des Goldenen Kaisers.

Der Legende nach wurden die letzten Worte des Kaisers nie aufgezeichnet. Manche sagen, er habe einen Wunsch hinterlassen – einen Wunsch, der so mächtig war, dass er verborgen werden musste. Und diejenigen, die versucht haben, es aufzudecken? Sie verschwanden.

Kais Hand krampfte sich um die Münze.

War das... Sein letzter Wunsch? Und wenn es so war ...

War es jemals dazu bestimmt, gefunden zu werden?

Der Geist des Throns

Kai brauchte Antworten.

Und er wusste genau, wo sie zu finden waren.

An diesem Nachmittag schlüpfte er von der Ausgrabungsstätte weg.

Durch die Ruinen.

Vorbei an den Warnschildern.

Zum Palast des Kaisers.

Oder was davon übriggeblieben ist.

Der Palast schwieg.

Die Mauern, die einst mit Gold bedeckt waren, waren nun bröckelnde Steine.

Aber als Kai eintrat ...

Ein Flüstern hallte durch die leeren Hallen.

„Du solltest nicht hier sein."

Kais Herz schlug gegen seine Rippen.

Er drehte sich scharf um – niemand war da.

Nur die Ruinen.

Nur den Thron.

Und auf der kalten, rissigen Oberfläche des Thrones ...

Die gleichen Symbole, die auf der Münze waren.

Kai atmete tief durch.

Er legte die Münze auf den Thron.

Der Raum bebte.

Die Luft flirrte.

Und vor seinen Augen ...

Eine schemenhafte Gestalt erschien.

Ein Mann in königlichen Gewändern, die Augen brennen wie Glut.

Der Goldene Kaiser.

Und zum ersten Mal seit Jahrhunderten

Er sprach.

Die Wahrheit des Kaisers

Die schattenhafte Gestalt trat vor.

Seine Augen brannten golden, aber sein Gesicht war unlesbar – eine Erinnerung,

die in der Zeit gefangen war.

Kai hielt den Atem an.

Das ist nicht möglich.

Dann sprach der Kaiser.

„Du hältst meinen letzten Wunsch.“

Kais Finger krampften sich um die Münze.

„Dein Wunsch?“, flüsterte er.

Der Kaiser nickte mit ruhiger, aber schwerer Stimme.

„Ich habe mit Stärke regiert. Mit Power. Meine Leute fürchteten mich – manche sagen,

sie liebten mich.“

Sein Gesichtsausdruck verfinsterte sich.

„Aber die Geschichte wird von denen geschrieben, die überleben."

Dann veränderten sich die Ruinen um sie herum.

Für einen Moment stand Kai nicht in einem kaputten Palast.

Er war in einer Erinnerung.

Die Vergangenheit des Kaisers.

Der Thronsaal war lebendig.

Wachen standen in Bereitschaft. Gold spiegelte sich von den Wänden.

Ein königlicher Berater kniete vor dem Kaiser nieder.

„Deine Feinde werden unruhig, mein Kaiser. Was sollen wir tun?"

Das Antlitz des Kaisers war aus Stein.

„Wenn sie sich gegen uns erheben, werden sie unter uns fallen."

Die Szene veränderte sich.

Ein Garten in der Abenddämmerung.

Eine Frau – seine Frau.

Ein kleiner Junge – sein Sohn.

Der Kaiser beugte sich nieder und drückte seinem Sohn eine Münze in die Handfläche.

„Eines Tages wird dich das daran erinnern, wer wir sind.“

Der Junge lächelte.

Zum ersten Mal wurde der Gesichtsausdruck des Kaisers weicher.

Die Erinnerung verblasste.

Kai war zurück in dem zerstörten Palast.

Die Augen des Kaisers leuchteten sanft.

„Jetzt siehst du mich, wie ich war. Zu manchen rücksichtslos. Anderen ergeben.“

„Ein Herrscher... und einen Vater.“

Jetzt hatte Kai die Wahl.

Die Wahl Ihres Lebens

Kais Hände zitterten.

Die Worte des Kaisers hallten in seinem Kopf wider.

„Wenn du die Münze behältst, wird meine Geschichte für immer weiterleben. Aber wenn du es zurückgibst, wird meine Seele ruhen.“

Das ist es.

Das ist die Wahl, die alles entscheiden wird.

Kai starrte auf die Münze.

Es war mehr als Metall.

Es war das letzte Vermächtnis eines Herrschers.

Das letzte Geschenk des Vaters.

Ein Wunsch, der zurückgelassen wurde und darauf wartete, erhört zu werden.

Aber jetzt, da Kai die Vergangenheit des Kaisers gesehen hatte …

Verdiente er es, in Erinnerung zu bleiben?

Der Kaiser war mächtig. Rücksichtslos. Ein Mann, der mit Stärke regierte.

Seine Feinde fürchteten ihn, aber seine Familie liebte ihn.

Manche würden ihn einen Tyrannen nennen. Andere würden ihn einen Beschützer nennen.

Was war also die Wahrheit?

Kais Puls raste.

Wenn er die Münze behielte, würde sich die Geschichte an ihn erinnern.

Aber zu welchem Preis?

Wenn er sie zurückgab, würde seine Seele endlich zur Ruhe kommen.

Aber würde das bedeuten, alles auszulöschen, was er war?

Was soll ich tun?

Kai atmete tief durch ...

Und traf seine Wahl.

Ein Wunsch, der zu Grabe getragen wurde

Kais Finger krallten sich um die Münze. Die Luft in dem zerstörten Palast fühlte sich schwer an. Warten.

Die schattenhafte Gestalt des Kaisers stand vor ihm.

„Was wirst du wählen?"

Kai atmete tief durch.

Der Kaiser war weder ganz gut noch ganz böse.

Er war einfach... Mensch.

Ein Herrscher, der Entscheidungen getroffen hatte. Einige hart. Einige eben.

Ein Vater, der einst die kleinen Händchen seines Sohnes in seinen eigenen gehalten hatte. Ein Mann, der in Erinnerung bleiben wollte. Aber nicht alle Vermächtnisse müssen in Stein gemeißelt sein.

Einige gehören in die Herzen derer, die nie vergessen werden. Kai hob die Münze in die Höhe.

Und setzte es sanft wieder auf den Thron zurück.

172

„Du lebst bereits in der Geschichte.“

„Jetzt... Ruhen Sie sich aus.“

Die goldenen Augen des Kaisers wurden weich. Zum ersten Mal lächelte er.

Seine Gestalt begann zu verblassen – langsam, friedlich –

Und in dem Moment, in dem er verschwand, verschwand auch die Münze.

In den Ruinen herrschte wieder Stille. Kai stieß einen Atemzug aus, von dem er nicht bemerkt hatte, dass er ihn anhielt.

Die Wahl war gefallen. Die Vergangenheit würde begraben bleiben.

Aber als er sich umdrehte, um zu gehen, blickte er ein letztes Mal zurück. Der Thron war leer ...

Doch im schwindenden Sonnenlicht schwor Kai, dass er den leisesten Schimmer von Gold sah.

Wie ein Flüstern von dem, was einmal war.

Wie ein Herrscher, der endlich Frieden hat.

Kai lächelte. Und trat in die Zukunft ein.

~ The End ~

Über den Autor

Belinda Chavremootoo erzählt Geschichten, die aus vergessenen Wünschen und geheimen Gärten gesponnen sind, in denen verlorene Münzen flüstern und stille Herzen ihr Brüllen entdecken. Sie schreibt sowohl für die Jungen als auch für die Junggebliebenen – Geschichten von Wundern, Geheimnissen und Magie, die direkt unter der Oberfläche des Alltags schimmern.

Wenn sie nicht gerade schreibt, findet man sie in ihrem Garten, wo Tomaten neben Thymian wachsen und ihre beiden Katzen mit edlem Ernst (und ohne Geduld für Handlungslücken) Wache halten.

Sie glaubt, dass jede Seele eine Geschichte in sich trägt, die es wert ist, erzählt zu werden – und manchmal braucht es nur eine neugierige Münze oder einen winzigen, sprechenden Marienkäfer, um den Weg nach Hause zu finden.

Mögen Ihre Taschen immer Geschichten tragen.

Bestätigungen

An die Geschichtenerzähler, die vor mir kamen, und an die Leser, die die Geschichten am Leben erhalten.

An die Träumer, die Stillen, die Kinder, die mit den Sternen flüstern, und die Erwachsenen, die noch an Magie glauben – dieses Buch ist für Sie.

Danke an meine Familie und Freunde für die Ermutigung, den Kaffee, die „Du schreibst immer noch?„-Gesichter und die unerschütterliche Liebe.

An meine beiden Katzen – Plot-Gremlins, Tastaturheizungen und mitternächtliche Miauer – ihr habt euch wirklich die Anerkennung als ausführender Produzent verdient.

Und an Sie, lieber Leser:

Danke, dass Sie sich auf diese Geschichten eingelassen haben. Für das Halten verlorener Münzen, die Jagd nach Flüstern und das Erinnern an das, was andere vergessen haben.

Du bist die Magie.

Fragen zur Diskussion

Jede Münze in den Geschichten birgt etwas Besonderes – Erinnerungen, Wünsche oder Magie.

1. Wenn du deine eigene magische Münze hättest, was würde sie tragen?

2. In *„Die Geistermünzen"* lernt Theo, dass manche Dinge (und Menschen) nicht vergessen werden wollen. Warum ist das Erinnern so mächtig?

3.   „*Die Kammer der verlorenen Wünsche*" zeigt einen Wunsch mit Konsequenzen. Sind Sie der Meinung, dass manche Wünsche unerfüllt bleiben sollten?

4.   Nova hört ein Flüstern von den Sternen in „*Die Münze, die von den Sternen fiel*". Hatten Sie jemals das Gefühl, dass das Universum versucht, Ihnen etwas zu sagen?

5.   In „*Die verschwindende Münze*" geht es darum, die Geschichte eines anderen zu beenden. Welche Geschichte würdest du gerne zu Ende bringen oder weitergeben?

6.   In „*Die letzte Münze des Kaisers*" muss sich Kai entscheiden, ob er sich an die Geschichte erinnert oder sie ruhen lässt. Was hätten Sie getan – und warum?

7.   Welche Figur oder Geschichte hat dich am meisten in Erinnerung behalten? Was würdest du sie fragen, wenn du könntest?